AF317639

# L'ARGENT

# FAIT PEUR

## COMÉDIE-VAUDEVILLE EN UN ACTE

PAR

## MM. SIRAUDIN ET VICTOR BERNARD

Représentée pour la première fois, à Paris, sur le théâtre du GYMNASE,
le 7 septembre 1861

PARIS

MICHEL LÉVY FRÈRES, LIBRAIRES-ÉDITEURS

RUE VIVIENNE, 2 BIS

1861

# Distribution de la pièce

CHAMPCLOS.................. ........... MM. Geoffroy.
BÊCHEPOIS........ ................... Blaisot.
MONTANVERT........................... Landrol.
MADAME MONTANVERT.............. Mmes Léonie.
MADAME EULALIE DUPLESSIS, jeune
 veuve ................................... Antonine.
CYPRIEN, domestique de Champclos..... M. Victorin.

A Paris, chez Champclos.

S'adresser, pour la mise en scène exacte et détaillée, à M. Hérold,
 régisseur de la scène ; et, pour la musique, à M. Jubin, bibliothé-
 caire=copiste, au théâtre du Gymnase.

# L'ARGENT FAIT PEUR

Salon octogone élégant; portes au fond, à droite, donnant sur une antichambre, et à gauche, chambre de Champclos; à droite, secrétaire et canapé; à gauche, table, plumes; une boîte de pistolets sur le secrétaire; fenêtre à gauche, porte en face, cheminée au fond.

## SCÈNE PREMIÈRE.

### CYPRIEN, seul.

(Au lever du rideau, la scène est vide. — On entend sonner à droite. — Silence. — On sonne plus fort. — Cyprien entre vivement par le fond, à droite. Il est en habit noir.)

Il était temps! (Allant à la porte de droite.) Voilà... voilà... monsieur, j'étais à la cave!... (Il quitte vivement l'habit qu'il a sur le dos et le brosse.) Je brosse votre habit!... je lui fais prendre l'air!... (S'avançant tout en brossant.) J'aime assez à faire prendre l'air, sur mon moule, aux vêtements de mes maîtres... même que mon dernier bourgeois m'a renvoyé pour cela; mais M. Champclos, celui-ci, n'est pas regardant... Aussi, comme il y avait hier un grand bal au Casino-Cadet... j'ai endossé cet habit et le paletot de monsieur... (Regardant.) Ah! grands dieux!... Bon! j'ai laissé le paletot au vestiaire!... (Se fouillant.) Voilà le numéro!... Je vais aller... Oh!... (Il se remet à brosser en voyant Champclos qui entre par la droite.)

## SCÈNE II.

### CYPRIEN, CHAMPCLOS.

#### CHAMPCLOS.

Mais, malheureux, tu as donc juré d'user mes vêtements?

#### CYPRIEN, interdit.

Quoi! monsieur saurait?...

#### CHAMPCLOS.

Dame! tu brosses, tu brosses avec une vigueur!... Voyons... y a-t-il une lettre de Rouen pour moi?

#### CYPRIEN.

Non, monsieur!... (A part.) C'est-à-dire, si... mais elle est dans le paletot...

CHAMPCLOS.

Allons, il faut y renoncer !...

CYPRIEN.

Si monsieur voulait me permettre de sortir ?

CHAMPCLOS.

Non !

CYPRIEN.

Ah !

CHAMPCLOS.

Laisse-moi !

CYPRIEN.

J'obéis à monsieur.

## SCÈNE III.

CHAMPCLOS, s'asseyant sur le canapé.

Allons, le doute ne m'est plus permis !... Je suis un Robinson social... seul de ma famille ! J'espérais retrouver la trace de mon frère... ou de ses rejetons... Voilà dix ans que, secondé... par une vieille connaissance... établie à Rouen... Monflanquin Junior, je me livre aux fouilles les plus collatérales; rien !... Je suis seul !... et riche !... J'ai encore gagné, il y a huit jours, le lot de cent mille francs du Crédit foncier... et je n'avais pas besoin de ces cent mille francs !... J'avais encore moins besoin qu'un journal s'empressât de crier ce fait-Paris a ses abonnés... en donnant mon nom et mon adresse... (S'agitant.) Me voilà désigné en toutes lettres à la spéculation publique !... tous les filous de l'Europe connaissent la demeure de mon portefeuille !... C'était bien la peine de déménager il y a un mois... sous l'impression d'une aventure dont je frémis encore !... ( Cyprien entre et pose les vêtements sur un fauteuil.) Héin ! que fais-tu là, toi ?

CYPRIEN.

Monsieur, vos effets sont brossés...

CHAMPCLOS, se levant.

C'est bon, va-t'en !

CYPRIEN.

Monsieur me permet de sortir ?

CHAMPCLOS.

Non, va-t'en dans l'antichambre et laisse-moi seul !

CYPRIEN.

Oui, monsieur ! (Il sort.)

CHAMPCLOS.

Ah ! quelle odyssée !... Je venais de toucher six mille francs chez mon banquier... il était six heures de l'après-midi... entre chien et loup, lorsque j'aperçus, trottant menu devant moi, une robe mauve... Je suis cette robe... De temps en temps je lui jetais des regards auxquels elle répondait à peine; ça m'encourage!... Nous arrivons esplanade des Invalides... quartier sombre et désert... Elle pénètre dans une maison... je l'imite, et, je n'étais encore qu'au second... que la porte du troisième se refermait sur la dame!... Je suis naturellement timide... Je sonne... une duègne m'ouvre; je me prive de son interrogatoire et je me trouve en face de mon inconnue. J'allais lui présenter mes excuses, quand tout à coup une porte s'ouvre, et une voix de Bertram me crie : (il imite l'accent méridional.) « Ah! ah! vous m'apportez les trois mille francs?...» Un Bertram gascon! «Mais, répliquai-je... —Très-bien! Donnez, » ajoute la même voix. Que voulez-vous, on a beau être propriétaire d'un certain courage... il y a des moments où on ne le retrouve plus sur soi... le guet-apens était clair... je me décidai:

Air de la Partie carrée.

Marchander était inutile;<br>
Mon homme était un fin matois!<br>
J'avais sur moi six bons billets de mille,<br>
On ne m'en demandait que trois,<br>
Je me suis dit : « C'est une marchandise,<br>
Je traite avec un commerçant,<br>
Et ce monsieur me fait une remise<br>
De cinquante pour cent. »

Il me restait la ressource d'une plainte... mais, pas si bête!... merci!... Je n'avais donné que mon argent, j'aurais été forcé de donner mon adresse... et ces gens-là, une fois libérés... sont doués d'une mémoire... rancunière! Par excès de prudence, je déménageai; je fis couper ma barbe, et je laissai pousser mes favoris!...Heureusement, car ce n'est pas tout!... Ah! à propos... (Il sonne.)

CYPRIEN, entrant[*].

Monsieur a sonné?...

CHAMPCLOS.

As-tu préparé la chambre pour mon ami Bèchepois?

CYPRIEN.

Oui, monsieur... Oh! il aura ses aises, votre ami!... Il y a de la place ici... on pourrait loger plusieurs familles.

CHAMPCLOS.

C'est bon... assez! (A part.) Il est causeur... mais je le crois honnête. (Haut.) Ah! Cyprien, prépare-toi pour une course.

CYPRIEN.

Ah! bien, monsieur! (A part.) Quel bonheur!... j'irai chercher le paletot!

CHAMPCLOS.

Pour demain matin; mais, non, j'irai moi-même avec mon ami Bèchepois.

* Champclos, Cyprien.

CYPRIEN, en s'en allant.

C'est fâcheux.

CHAMPCLOS.

Où en étais-je?... Ah!... (D'un air mystérieux.) Heureusement, car ce n'est pas tout... Avant-hier, j'étais au spectacle... on jouait *les Mémoires du diable*. Il y a, dans cet ouvrage, entre autres grédineries, un certain La Rapinière qui crible son ami intime de pâtés de foie gras et de langoustes... sur les onze heures, onze heures et demie du soir, de façon à le faire mourir d'indigestion... Cette manière de se débarrasser de ses amis, par ce procédé Potel et Chabot... me révolta... Je partis; et qui rencontrai-je... à la galerie?... Ma robe mauve, escortée de la voix de Bertram!... Étais-je reconnu, épié?... Je ne sais; toujours est-il que, le lendemain, je fis savoir, par un télégramme, à mon ami Bèchepois... qu'il eût à venir tout de suite. (Changeant de ton.) Bèchepois, c'est mon seul ami; et comme la solitude m'effraye... comme la famille me fait défaut... comme le vide qui m'entoure me fait peur... je me réfugie dans le sein de l'amitié!

## SCÈNE IV.

BÈCHEPOIS, CHAMPCLOS.

CYPRIEN, annonçant.

M. Bèchepois!

BÈCHEPOIS.

Champclos!...

CHAMPCLOS.

C'est lui!... (Ils s'embrassent affectueusement.) Ingrat!

BÈCHEPOIS.

Moi?

CHAMPCLOS.

Sans doute, tu m'oubliais, tu ne viens plus me voir... Tu n'es donc plus mon ami?

BÈCHEPOIS.

Si... mais je suis propriétaire.

CHAMPCLOS.

Ce cumul n'est pas impossible.

BÈCHEPOIS.

Ah! mon cher, le métier de vigneron en Bourgogne a ses exigences... En ce moment... je fume mes vignes... Mais, voyons, pourquoi m'as-tu fait venir si précipitamment?

CHAMPCLOS.

Bèchepois, es-tu riche?

BÈCHEPOIS.

Moi? (A part.) J'entrevois un emprunt!... (Haut.) Heu! heu! quelques ares... quinze minutes de superficie!

CHAMPCLOS.

Ah! tant mieux!

BÈCHEPOIS.

Comment, tant mieux?

CHAMPCLOS.

Écoute-moi... J'ai quarante-huit ans... malgré mes favoris.

BÈCHEPOIS.

Tu ne les parais pas!

CHAMPCLOS.

Je te remercie!... Je suis ton aîné.

BÈCHEPOIS.

De six semaines!

CHAMPCLOS.

Enfin, je suis ton aîné, et, selon l'ordre admirable de la nature... je m'en irai le premier.

BÈCHEPOIS.

Ah! Pourquoi? Tu n'es jamais malade!...

CHAMPCLOS.

Les apparences sont trompeuses!... Enfin, quoi! j'ai cette idée... Et j'entends, je veux, j'exige que tu sois mon héritier!

BÈCHEPOIS.

Hein!... moi, tu veux?...

CHAMPCLOS, à part.

Son œil a brillé!... (Haut.) J'ai préparé un projet de donation qui t'assure tous mes biens... après moi... bien entendu...

BÈCHEPOIS.

Bien entendu... (Lui prenant les mains.) Ce bon Champclos!...

CHAMPCLOS, à part.

Son œil a encore brillé! (Haut.) Mais, à une condition... c'est que tu diras adieu à tes vignes!

BÈCHEPOIS.

Quoi!

CHAMPCLOS.

C'est que tu vas t'installer chez moi, aujourd'hui, à l'instant; nous vivrons... côte à côte... comme Euryale et Nisus.

BÈCHEPOIS.

Cependant... abandonner mes terres!...

CHAMPCLOS.

Bah!... quinze minutes de superficie.

BÈCHEPOIS.

Et mes habitudes!...

CHAMPCLOS.

Je t'autorise à les apporter... Songe donc... quel brillant avenir!... Tu auras voiture... tu donneras des fêtes... tu auras des amis sincères... tu subventionneras des danseuses... tu mangeras des primeurs... Hein?... quel horizon bleu de roi!... quarante mille francs de rente!...

BÈCHEPOIS.

Quarante mille francs!... (Dignement.) Champclos... tu viens
de me faire comprendre les devoirs de l'amitié; j'accepte!

CHAMPCLOS.

Ah! je reconnais le cœur d'un ami... Tiens, prends cet
acte et va chez le notaire... ici, tout près... tu sais?

BÈCHEPOIS.

Je le connais... c'est le mien.

CHAMPCLOS.

Va donc, héritier!

ENSEMBLE.

Air du *Triolet bleu* (PALAIS-ROYAL).

Douce et franche amitié,
Notre sort est lié;
Et partager son cœur,
C'est doubler son bonheur.
Mêmes vœux,
Mêmes jeux;
Pour nous deux,
Jours heureux.
Moi,
Je vivrai pour toi
Quand tu vivras pour moi!

(Béchepois sort.)

# SCÈNE V.

### CHAMPCLOS, puis CYPRIEN, et EULALIE.

CHAMPCLOS, joyeux, s'asseyant près de la table.

Ah! je pourrai donc dîner tous les jours en face de quel-
qu'un!... Ce bon Bèchepois!... J'espère bien le faire attendre
jusqu'à son dernier jour!... (Avec force.) C'est mon intention.

CYPRIEN, entrant.

Monsieur, c'est une dame!

CHAMPCLOS.

Une dame?... A-t-elle dit son nom?

CYPRIEN.

Non... mais...

CHAMPCLOS.

Alors, dis-lui que je n'y suis pas.

EULALIE, qui est entrée sur les derniers mots *.

Je suis désolée, monsieur, de vous donner un démenti.

CHAMPCLOS.

Ah! pardon, madame!... C'est Cyprien qui m'avait dit :
« Une vieille femme!... »

* Champclos, Eulalie, Cyprien.

CYPRIEN, étonné.

Moi?...

CHAMPCLOS.

Laisse-nous. (A part.) Elle est charmante!... (Haut.) Madame, puis-je savoir?... (Il lui indique le canapé.)

EULALIE, assise.

Je viens vous faire une grande surprise !...

CHAMPCLOS, prenant une chaise et s'asseyant.

Je doute qu'elle soit plus agréable que celle que vous m'avez déjà faite!... (La regardant d'une façon galante, et à part.) C'est assez gentil ce que je dis là !...

EULALIE.

Regardez-moi bien en face!... On prétend que je lui ressemble.

CHAMPCLOS.

Oh! vous êtes bien mieux!... A qui?

EULALIE.

Puisque vous ne devinez pas... (Lui donnant une lettre.) Lisez !

CHAMPCLOS, à part, se levant.

Une lectrice qu'on me propose... (Il lit.) Tiens! de Rouen... Signé : Monflanquin... Comment, vous êtes?... vous seriez?...

EULALIE, se levant.

Votre nièce!... la fille de votre frère Hector Champclos, mort en Californie.

CHAMPCLOS.

Ma nièce!... une nièce!... (Il l'embrasse.) Vous permettez, ma chère...

EULALIE.

Eulalie Duplessis.

CHAMPCLOS.

Alors, j'ai un neveu?...

EULALIE.

Non, je suis veuve.

CHAMPCLOS.

Tant pis... j'y perds!... Mais, comment se fait-il? Voilà un mois que cette lettre est écrite !

EULALIE.

Vous aviez déménagé, et vous aviez négligé, à votre ancienne demeure, d'indiquer la nouvelle... sans intention, sans doute.

CHAMPCLOS, à part.

Si, avec intention. (Haut.) Mais comment avez-vous fait pour me trouver?

EULALIE.

Dans le journal... la loterie... du Crédit foncier.

CHAMPCLOS, à part.

Ah! (Haut.) Eh bien! ça me raccommode avec la liberté de la presse!... Mais depuis un mois... à Paris?...

EULALIE.

Je suis descendue chez une de mes amies intimes, qui est mariée... De braves gens... pas riches, mais si bons!...

CHAMPCLOS.

Il y a donc encore quelques échantillons d'honnêteté?... Ma nièce, ma nièce... tu viendras (car je te tutoie, c'est permis à un oncle), tu viendras loger ici!

EULALIE.

Comment... vous voulez?...

CHAMPCLOS.

Je comprends, tu hésites... à cause de notre double position : une jeune veuve et un garçon... toujours vert... (Se reprenant.) tueux, tueux!...

EULALIE.

Oh!...

CHAMPCLOS.

Tiens, j'ai une idée : tu amèneras ton amie et son mari... Ils ne sont pas riches... tant mieux, je les aiderai.

EULALIE,

Mais, mon oncle...

CHAMPCLOS.

Répète, répète!

EULALIE.

J'ai dit : Mon oncle.

CHAMPCLOS.

Ce nom charme mes oreilles!... Décide ces braves gens à venir... Ils t'ont accueillie; eh bien, qui donne à la nièce, prête à l'oncle!... Je veux payer mes dettes. Va les chercher!

EULALIE.

Oh! ça ne sera pas long : ils logent tout près, et ils ont si peu de mobilier!

CHAMPCLOS.

J'en ai, moi!

EULALIE.

Cher oncle!

CHAMPCLOS.

Mais va donc!... (Eulalie, en sortant, rencontre Bèchepois, qui la salue.)

## SCÈNE VI.

### CHAMPCLOS, BECHEPOIS.

BÈCHEPOIS.

Une jolie femme!

CHAMPCLOS.

C'est elle!

BÈCHEPOIS.

Qui, elle?

CHAMPCLOS.

Ah ! c'est juste... tu ne sais pas... Ma nièce !

BÈCHEPOIS.

Bah !

CHAMPCLOS.

Oui... la propre fille de mon frère Hector !... Eh ! parbleu ! tu dois bien te le rappeler, il a habité longtemps la Bourgogne.

BÈCHEPOIS.

En effet... Mais c'est bien particulier !

CHAMPCLOS.

Quoi donc ?

BÈCHEPOIS.

Mais oui... Hector n'a jamais eu qu'un garçon, mort à l'âge de huit jours.

CHAMPCLOS.

Eh bien, après ?...

BÈCHEPOIS.

Et sa femme succomba l'année suivante.

CHAMPCLOS.

Tu divagues !

BÈCHEPOIS.

Je croyais...

CHAMPCLOS.

Tiens... cette lettre de Montflanquin... Vois !

BÈCHEPOIS.

Après cela, je me trompe peut-être...

CHAMPCLOS.

C'est évident.

BÈCHEPOIS.

Mais, dis-moi... je viens de chez le notaire... tu ne m'as pas donné tes prénoms... c'est essentiel.

CHAMPCLOS.

C'est inutile.

BÈCHEPOIS.

Si, le notaire dit que c'est essentiel pour hériter.

CHAMPCLOS.

Oui... mais je suis à la tête d'une nièce !... c'est mon sang !... Je te déshérite... à son bénéfice.

BÈCHEPOIS, simplement.

C'est juste !

CHAMPCLOS, à part, et l'examinant.

Ça a l'air de le contrarier.

BÈCHEPOIS.

Alors... je retourne chez le notaire qui attend tes prénoms, et, en même temps... je vais me perdre un peu dans Paris...

CHAMPCLOS.

A ton aise... Retrouve-toi pour l'heure du dîner. (Bèchepois sort.)

## SCÈNE VII.

**CHAMPCLOS, puis EULALIE, puis MADAME MONTANVERT.**

CHAMPCLOS.

Voilà bien les hommes !... Il est vexé que j'aie retrouvé ma
nièce !... Il élevait même des doutes sur son identité !... Oh !
humanité ! humanité !...

Air de *Lantara.*

Ainsi qu'on voit une coquette,
Afin d'éblouir son galant,
Quand vient l'heure de la toilette
Se couvrir de rouge et de blanc...
Ainsi, fardons, par un soin vigilant,
Notre moral tout comme le visage...
Ne voyons pas, de peur d'en être aigris,
L'humanité sans maquillage,
Le cœur humain sans sa poudre de riz.-
Oui, j'en suis sûr, ainsi que le visage
Le cœur humain a sa poudre de riz.

(Eulalie entre, suivie de madame Montanvert.)

EULALIE, à madame Montanvert *.

Approche donc ! (Haut.) Mon oncle !...

CHAMPCLOS.

Ah ! te voilà ?

EULALIE.

Je vous présente mon amie, madame Montanvert.

CHAMPCLOS, saluant.

Madame, soyez la... (La regardant.) Ah ! mon Dieu !... bien-
venue !... Est-il possible ?... (A part.) Ma robe mauve !...

EULALIE.

Qu'avez-vous donc ?

CHAMPCLOS.

Rien... (A part.) La femme de l'Esplanade... (Haut.) Un rhu-
matisme...

MADAME MONTANVERT.

Eulalie m'a fait part des offres gracieuses que vous voulez
bien nous faire.

CHAMPCLOS, à part.

Elle va refuser.

MADAME MONTANVERT.

Nous acceptons.

CHAMPCLOS, à part.

Elle ne me reconnaît pas, grâce à mes favoris.

EULALIE.

Vous qui aimez à faire le bien, vous devez être enchanté.

* Champclos, Eulalie, madame Montanvert.

**CHAMPCLOS.**

Comment donc... mais je suis ravi! (A lui-même, très-agité.) Et ma nièce est l'amie de cette aventurière!... Ceci est louche ! Ah çà! voyons donc! (Il réfléchit.)

MADAME MONTANVERT, à Eulalie.

Il a l'air tout drôle!

EULALIE, de même.

C'est un original... mais si bon ! (Elles remontent.)

CHAMPCLOS.

Est-ce que Bèchepois aurait raison?... « Mon frère n'a eu qu'un garçon, » a-t-il dit... (Tirant la lettre de sa poche.) Et pourtant cette lettre de Monflanquin, c'est un document authentique. (A mi-voix.) Mais ce n'est pas là son écriture... Au premier abord, je n'avais pas remarqué... (Criant.) Ce n'est pas son écriture, j'en suis sûr!...

EULALIE, s'avançant.

Mais non !... Ne vous ai-je pas dit...

CHAMPCLOS, à part.

Hum ! elle va me faire un conte.

EULALIE.

Votre ami Monflanquin avait la goutte à la main droite... et il a dicté cette lettre...

MADAME MONTANVERT.

Au maître d'école.

CHAMPCLOS, à part.

Au maître d'école, comme dans *les Mystères de Paris*. (Haut.) Ah! c'est très-ingénieux!

EULALIE.

Hein?

CHAMPCLOS, vivement.

De la part de Monflanquin. (A part.) Ne leur donnons pas l'éveil!... Allons, c'est clair... c'est une fausse nièce... inventée par ces gens-là. Je ne suis qu'un oncle de paille, et j'ai donné dedans, et j'ai...

EULALIE.

Eh bien, mon oncle?

CHAMPCLOS, à part.

Son oncle!... (D'un air aimable.) Je vais faire préparer vos appartements... (A part.) et chercher un moyen de me débarrasser de tous ces aventuriers.

Air des *Trois loges.*

Pas de façons entre nous,
Ici la vie est facile,
Et dans mon modeste asile
Agissez comme chez vous.
    (A part.)
Je n'y songe que plein d'effroi :
Avec de pareils locataires

On verrait dans peu, je le crois,
Diminuer les propriétaires!

REFRAIN.

Pas de façons, etc.

EULALIE ET MADAME MONTANVERT.

Mon
Son oncle paraît fort doux.

Ici la vie est facile,
Et dans son modeste asile
Agissons comme chez nous.

(Il salue et sort.)

## SCÈNE VIII.

### MADAME MONTANVERT, EULALIE.

MADAME MONTANVERT.

Il a l'air du bourru bienfaisant, ton chef oncle... Enfin, il est riche, il a le droit d'être désagréable.

EULALIE.

Et lui qui, ce matin, craignait de te voir refuser ses offres!

MADAME MONTANVERT.

Ah! mon enfant... M. Montanvert est le meilleur des hommes... malheureusement il exerce la profession d'inventeur... et, depuis quelque temps, en fait de rentes... nous avons des dettes... voilà pourquoi j'accepte avec empressement l'hospitalité que nous donne ton oncle.

EULALIE, mystérieusement.

Mais dis-moi : hier encore, ton mari, a ouvert son portefeuille devant moi, et, sans le vouloir, j'ai regardé...

MADAME MONTANVERT.

Et tu as vu trois billets de mille francs.

EULALIE.

Oui.

MADAME MONTANVERT.

C'est sacré cela... une erreur... une sorte de dépôt... un monsieur qui s'est trompé... et que nous n'avons pas revu. Cet argent n'est pas à nous... et c'est absolument comme si nous ne l'avions pas; mais j'espère que mon mari réussira... dans sa nouvelle entreprise... Il a inventé je ne sais quoi encore...il n'a plus qu'à prendre son brevet! (Voix dans la coulisse.)

EULALIE.

Voilà ton mari.

## SCÈNE IX.

### LES MÊMES, MONTANVERT, BÈCHEPOIS *.

(Ils entrent en se donnant le bras et en causant.)

MONTANVERT, il gasconne.

Rien de plus simple, mon cher, que mon eau électrique!...

* Bèchepois, Montanvert, madame Montavert, Eulalie.

**BÈCHEPOIS.**

Il m'amuse cet homme-là... avec ses inventions.

**MONTANVERT.**

Mais, pardon!... Tiens!... ma femme!... Eulalie!

**EULALIE, à Montanvert.**

Mon oncle va venir.

**MONTANVERT.**

Quant à vous, monsieur, merci de votre société... mais je suis arrivé à destination...

**BÈCHEPOIS.**

Mais, moi aussi... c'est ici que je loge...

**MONTANVERT.**

Té! la rencontre est bizarre!... (A sa femme.) Je trouve ce monsieur dans la rue tout désorienté!

**BÈCHEPOIS.**

Je crois bien... on m'a un peu changé Paris!... Je demande mon chemin à monsieur...

**MONTANVERT.**

Nous causons...

**BÈCHEPOIS.**

Vous me prenez le bras.

**MONTANVERT.**

C'est une habitude, té!.... Quand les gens me plaisent, je leur prends le bras... et nous arrivons tous deux chez M. Champclos, qui m'attend...

**BÈCHEPOIS.**

Et qui est mon ami! (Regardant.) Mais, où diable est-il?

**EULALIE.**

Il est entré là! (Elle désigne la gauche.)

**BÈCHEPOIS.**

Je vais le chercher.

**MONTANVERT.**

Allez le quérir, mon bon, allez le quérir! (A sa femme.) Il est très-aimable, ce petit vieux!... Il est vigneron.

**MADAME MONTANVERT, assise avec Eulalie sur le canapé.**

Ah!

**MONTANVERT.**

Malheureusement, du mauvais vin... du vin de Bourgogne... ça ne vaut pas nos crus du Midi. (Il passe derrière le canapé.)

## SCÈNE X.

LES MÊMES, CHAMPCLOS, amené par BÈCHEPOIS *.

**BÈCHEPOIS.**

Mais viens donc!... Il y a de la société chez toi... tu fermeras tes placards un autre jour.

----

* Champclos, Bèchepois, madame Montanvert, Eulalie, Montanvert.

CHAMPCLOS.

Ce n'est pas vrai !... je ne fermais pas !...

MONTANVERT, s'avançant.

Monsieur Champclos !...

CHAMPCLOS, à part.

L'homme aux trois mille francs, c'est complet !

MONTANVERT, allant à lui.

Vous êtes un brave !... Votre délicieuse nièce m'a tout conté !... C'est comme si nous nous connaissions depuis des années... Tendez-moi la main !... (Il la lui serre fortement *.)

CHAMPCLOS, à part.

Quelle poigne !

MONTANVERT.

Votre invitation m'a touché !... Je suis du midi... c'est vous dire que je suis très-expansif.

CHAMPCLOS.

Ah ! vous êtes du Midi ?...

MONTANVERT.

J'arrive de Toulon !

CHAMPCLOS, à part.

Je m'en doutais !...

MONTANVERT.

Où je suis resté...

CHAMPCLOS, vivement.

Cinq ans !

MONTANVERT.

Non, dix ans, ma foi !

CHAMPCLOS, à part.

Allons, c'est ce que nous appelons un industriel de la plus dangereuse espèce, et je l'ai introduit ici !... Je suis dans la position d'un lapin qui prendrait des chasseurs en pension dans son terrier.

CYPRIEN, entrant.

Monsieur... c'est deux malles...

CHAMPCLOS.

Eh bien, quoi ?

MONTANVERT.

Ah ! les miennes !... Vous permettez ?

MADAME MONTANVERT, à son mari.

Nous te suivons !

CYPRIEN, à Champclos.

Où faut-il conduire ces dames ? La chambre rouge ?

CHAMPCLOS.

Non ! (Bas.) Fichtre ! à côté de la mienne ! (Haut.) Non, tout au bout, près de l'escalier.

* Champclos, Montanvert, Bèchepois, madame Montanvert, Eulalie.

MONTANVERT.

Mon brave Champclos... Une repoignée de main... car vous
m'allez, vous !... Il me va. (Il lui serre fortement la main. — Les dames
se lèvent.)

CHAMPCLOS, à part.

Quel poignet !... comme c'est taillé pour l'effraction !

ENSEMBLE.

Air des *Mousquetaires.*

L'amitié nous invite,
Sans tarder un moment,
Allons rendre visite
A notre appartement.

(Ils sortent par le fond à droite.)

## SCÈNE XI.

### CHAMPCLOS, BÈCHEPOIS.

CHAMPCLOS, allant s'asseoir à la table, à gauche.

Bèchepois... ici !...

BÈCHEPOIS, près de la porte.

Laisse-moi donc, je veux causer avec ce gascon de Montanvert... il m'amuse !...

CHAMPCLOS, écrivant.

Ici... viens ici !... Voici mes prénoms : Dieudonné-Jacques-
Chrysostome.

BÈCHEPOIS.

Qu'est-ce que tu veux que j'en fasse de tes prénoms ?

CHAMPCLOS.

Cours chez mon notaire.

BÈCHEPOIS.

Pour la donation ? Mais, puisque tu as une nièce...

CHAMPCLOS, se levant.

Fais ce que je te dis... et reviens tout de suite, mon
ami... (Il l'embrasse.) Ta présence me fait du bien ! (Il l'étreint fortement.)

BÈCHEPOIS.

Tu serres trop !...

CHAMPCLOS.

Tu es mon véritable ami, toi !... tu n'as pas de masque sur
tes traits !...

BÈCHEPOIS.

Je n'ai pas mis de masque depuis le carnaval de 1829 !

CHAMPCLOS.

Va et reviens vite !...

## SCÈNE XII.

### MONTANVERT, CHAMPCLOS.

CHAMPCLOS, revenant.

Maintenant... il faut... (Voyant Montanvert.) Bon...

MONTANVERT, entrant.

Jolie maison ! homme riche ! (Allant à la fenêtre.) et un jardin!...

CHAMPCLOS, à part.

Seul avec lui!... (Appelant avec effroi.) Cyprien !

CYPRIEN.

Voilà, monsieur !

CHAMPCLOS.

Ne t'éloigne pas... je te défends de sortir!

CYPRIEN.

Bien, monsieur. (Il sort.)

CHAMPCLOS, à Montanvert.

Ce garçon-là se dérange... Il sort souvent, et... j'aime à l'avoir sous la main... (Avec intention.) prêt à paraître au premier signal... et armé... si je voulais... J'ai là... (Il montre sa boîte de pistolets.)

MONTANVERT.

Maintenant, mon cher Champclos, pendant que ces dames s'installent, causons, té!...

CHAMPCLOS.

Mais...

MONTANVERT.

Permettez, permettez!... Que diable! je veux bien accepter vos bienfaits... je n'en rougis pas... mais je veux auparavant me dévoiler à vous tout entier.

CHAMPCLOS, à part.

*La Confession du Brigand!...* tableau d'Horace Vernet... mais pas de carabiniers!... hélas!

MONTANVERT.

Je ne suis pas un homme ordinaire, moi!... J'ai inventé toute espèce de choses... des mécaniques de toutes sortes... Pour un siècle qui se régénère par les chemins de fer, l'électricité et les allumettes chimiques, il fallait du nouveau, du nouveau à tout prix!...

Air de *Voltaire chez madame de Sévigné,*

> Du poncif on est rebattu,
> Et, dans le métier que j'exerce,
> Arrière le chemin battu,
> Vivent les chemins de traverse!

CHAMPCLOS, à part.

> Lorsque je l'examine ici,
> De ce qu'il avance je doute;
> Car il a bien l'air de ceux qui
> Travaillent sur la grande route.

MONTANVERT *.

Ah! quel métier! Avoir son cerveau à l'état continuel de

* Champclos, Montanvert.

chaudière... en ébullition!... des nuits passées sans som-
meil...

CHAMPCLOS.

Ah! vous travaillez beaucoup la nuit?

MONTANVERT.

Principalement.

CHAMPCLOS.

On est moins dérangé.

MONTANVERT, près de la cheminée et examinant une petite boîte en argent.

Tiens!... vous avez là une jolie pièce!... C'est de l'argent?

CHAMPCLOS, vivement, lui prenant la boîte.

Non... c'est du ruolz... il n'y a pas d'argent ici!...

MONTANVERT.

J'ai essayé de travailler l'or et l'argent.

CHAMPCLOS, à part.

Il aura fait de la fausse monnaie, c'est sûr!...

MONTANVERT.

Tenez, c'est comme cela. (Il désigne le diamant que Champclos a à
son doigt.) Une étincelle de prix!...

CHAMPCLOS.

Non, deux francs cinquante... imitation.

MONTANVERT.

J'ai voulu faire du diamant avec du charbon... ça revenait
trop cher... Mais voilà une belle trouvaille... j'en parlais tout
à l'heure à votre ami...

CHAMPCLOS.

Quoi donc?

MONTANVERT.

Voici. (Il tire de sa poche un poinçon dont le bout est un peu recourbé.)

CHAMPCLOS, à part.

Un stylet! (Haut, avec effroi.) Cyprien!

MONTANVERT.

Que faites-vous?

CHAMPCLOS.

Rien... c'est pour m'assurer de Cyprien... il est si flâneur!..

MONTANVERT.

Oh! les domestiques!... Il faudra que j'invente... Ceci est
la clef universelle... le passe-partout général... Avec ça les
plus compliquées, les combinaisons les plus secrètes ne me
résistent pas une seconde.

CHAMPCLOS, à part.

C'est rassurant!

MONTANVERT.

C'est très-commode; on a ça chez soi, on égare une clef...
et... alors... Tenez, fermez votre secrétaire, et retirez la clef.

CHAMPCLOS.

Volontiers. (Il retire la clef du secrétaire.)

MONTANVERT, introduisant le poinçon dans la serrure.

Clic!... (Il l'ouvre.) Le tour est fait...

CHAMPCLOS.

C'est très-fort, ça...

MONTANVERT.

Avez-vous par là quelque tiroir à secret? (Il fouille.)

CHAMPCLOS, l'arrêtant.

Monsieur... ces investigations... (A part.) Il fait une levée de plan!...

MONTANVERT.

C'est juste.

CHAMPCLOS, à part.

Heureusement qu'il ne pense pas au tiroir d'en haut... une serrure Fichet...

MONTANVERT.

Et ça?... et ça, té?... (Il va au tiroir d'en haut.)

CHAMPCLOS.

Mais, permettez...

MONTANVERT, essayant d'ouvrir.

Je ne puis pas... Ah! je voudrais en prendre une empreinte... pour étudier cette combinaison; avez-vous de la cire?...

CHAMPCLOS.

Je n'ai que des pains à cacheter.

MONTANVERT.

Quand vous me connaîtrez mieux, nous nous entendrons parfaitement... Moi, je suis rond, bon enfant, sans façon... Vous, vous êtes riche...

CHAMPCLOS.

Riche?... Oh! je ne meurs pas de faim, voilà tout!...

MONTANVERT.

Allons, vous êtes riche, avouez-le; on n'est pas parfait!... Eh bien, je vous proposerai une nouvelle... affaire!... Oh! une affaire sûre... pour laquelle il faut un brevet... Je vous dirai cela... Maintenant que la connaissance est faite... que nous nous convenons... car vous m'allez... vous m'allez...

CHAMPCLOS, à part.

Mais il ne me va pas du tout, lui!

MONTANVERT.

Je vous laisse ma femme!

CHAMPCLOS, à part.

Sa femme!... Il a une intention cachée.

MONTANVERT.

Vous voyez, je suis confiant... et je vais m'occuper de mon brevet... Au revoir, cher! au revoir!...

CHOEUR DE SORTIE.

Air d'HERVÉ. (*Un Drame en* 1779, Th. Déjazet.)

MONTANVERT.

Ravi de vous avoir connu,
Non, non, jamais je n'avais vu
De mortel aussi sociable;
Non, non, jamais rien de semblable
Jusqu'alors n'était arrivé
A l'homme qui vous a trouvé.

CHAMPCLOS, à part.

Très-vexé de l'avoir connu,
Non, non, jamais je n'avais vu
De mortel aussi redoutable;
Oui, cet homme est un misérable!
C'est un criminel achevé!
C'est un bandit que j'ai trouvé !

# SCÈNE XIII.

### CHAMPCLOS, seul, puis BÈCHEPOIS.

Ah! mais non!... Et j'ai cet homme-là sous mon toit, avec sa femme, avec ma nièce... (Avec dérision.) Ma nièce!... Mais c'est Mandrin tout entier à sa proie attaché. Je n'ai plus qu'une ressource, Bèchepois... et sa Bourgogne... Je vais me faire oublier dans le département de Saône-et-Loire... Je vivrai en reclus... je me priverai de plaisirs... de spectacle... Il est vrai que pour voir... *les Mémoires du Diable*... un La Rapinière... qui étouffe son ami...(Apercevant Bèchepois qui entre.) Ah! te voilà!... (Il s'est assis sur le canapé *.)

BÈCHEPOIS; il porte sous le bras des paquets soigneusement enveloppés; il les dépose au fond et vient s'asseoir à côté de Champclos.

Tout est arrangé avec le notaire... Mais qu'as-tu donc, tu es rouge ?

CHAMPCLOS.

Rien... Au fait... si... si... je viens de voir mon médecin... il m'ordonne l'air de la Bourgogne... Nous partons demain matin.

BÈCHEPOIS.

Allons, bon !

CHAMPCLOS.

Fais-moi ce sacrifice... mon ami... mon Pylade... mon Polynice... mon Pollux... car tu es un cœur d'or, toi... Dans quelques heures, tu seras propriétaire... de ma fortune... C'est-à-dire nu-propriétaire... tu ne pourras y toucher qu'après moi...

BÈCHEPOIS.

Ne parlons pas de tout cela... Écoute, Champclos... il m'est venu une idée... je veux te faire une petite surprise...

* Bèchepois, Champclos.

CHAMPCLOS.

Ce bon Béchepois!... quelle nature primitive ! Tu as fait quelque folie, sans doute?

BÉCHEPOIS.

J'ai voulu rappeler notre passé d'il y a vingt ans, et ramener ici nos anciennes habitudes...

CHAMPCLOS.

Mais... c'est qu'à cette époque nous en avions d'assez gaillardes... et tu voudrais?...

BÉCHEPOIS.

Non, pas ça... Nos petits soupers... à minuit... en sortant du bal ou du théâtre...

CHAMPCLOS.

Ah! oui, je me souviens...

BÉCHEPOIS.

Le notaire vient faire signer la donation à dix heures... et après... tous les deux, en tête-à-tête, comme aux anciens jours... nous souperons... (Il va chercher ses paquets.)

CHAMPCLOS.

Volontiers... une tasse de thé... quelques gâteaux !...

BÉCHEPOIS, passant derrière le canapé*.

Allons donc!... voici ma surprise!... (Il défait les paquets et montre un pâté de foie gras et un homard.) Qu'en dis-tu?

CHAMPCLOS, se levant tout effrayé.

Un homard! un pâté de foie gras!...

BÉCHEPOIS.

Avec du bon vin de Corton... sur le coup de minuit!...

CHAMPCLOS.

Minuit!... (Comme frappé d'une idée.) Ah! grands dieux!...

BÉCHEPOIS.

Quoi donc?...

CHAMPCLOS, à lui-même.

J'y vois clair... (Le repoussant.) A onze heures, il sera mon héritier... et à minuit, il veut m'induire... en paté de foie gras... le procédé Potel et Chabot!

BÉCHEPOIS.

Oui, ça vient de chez Potel et Chabot.

CHAMPCLOS.

Des mémoires du diable !...

BÉCHEPOIS.

Qu'as-tu donc?

CHAMPCLOS, avec indignation.

Oh! La Rapinière!

BÉCHEPOIS.

Quoi, La Rapinière?

CHAMPCLOS.

Le pingre devient prodigue !... Oh !... La Rapinière!...

---

* Champclos, Béchepois.

BÈCHEPOIS.

Quoi, La Rapinière?..

CHAMPCLOS, à lui-même.

O amitié!... tu n'es qu'un vain mot... Adieu, La Rapinière!...
(Il sort dramatiquement et avec effroi par le fond à gauche.)

BÈCHEPOIS.

Ah çà! qu'est-ce qu'il a donc à m'appeler La Rapinière?...
Je ne connais pas ce monsieur-là... Je vais toujours porter
cela à la cuisine. (Il sort à droite, tandis qu'Eulalie et madame Montanvert entrent par le fond à droite.)


# SCÈNE XIV.

### MADAME MONTANVERT, EULALIE.

EULALIE.

Mais tu n'y penses pas, ma chère amie!... Je le connais à
peine, ce monsieur!

MADAME MONTANVERT.

C'est un jeune homme charmant!

EULALIE.

Mais je ne l'aime pas!...

MADAME MONTANVERT.

Ma chère enfant... on n'est jamais sûr de ces choses-là...
D'ailleurs, à ton âge, peux-tu, veux-tu rester veuve?... Non.
Eh bien, ce jeune homme te convient... il est riche...

EULALIE.

C'est précisément...

MADAME MONTANVERT.

C'est précisément pourquoi je songe plus que jamais à
cette union... Quand tu n'avais pas de dot... c'était différent...
Mais aujourd'hui que tu as un oncle... un oncle riche!...
Eh bien, il te dotera! C'est le rôle des oncles de doter leurs
nièces!...

EULALIE.

Mais attends au moins quelques jours.

MADAME MONTANVERT.

Du tout!...

EULALIE.

Mais... je n'oserai jamais!...

MADAME MONTANVERT.

N'est-ce que cela? Je me charge de la confidence!...

EULALIE.

Mais, réellement... je ne l'aime pas, ce monsieur...

MADAME MONTANVERT.

Soit!... Ne nous occupons pas du futur, songeons à la dot.
(Écoutant.) Monsieur Champclos!... Laisse-moi seule avec lui.
(Eulalie sort.)

## SCÈNE XV.

### MADAME MONTANVERT, CHAMPCLOS.

CHAMPCLOS, sans voir madame Montanvert en se dirigeant vers le secrétaire.

Je vais aller déposer mes valeurs à la Banque, une personne sûre, celle-là...

MADAME MONTANVERT.

Monsieur!...

CHAMPCLOS.

Oh! (A part.) J'en étais sûr!... « Je vous laisse ma femme, » a-t-il dit...Je suis en état de surveillance. (Haut.) Pardon, madame... j'allais sortir...

MADAME MONNTAVERT.

Veuillez m'accorder quelques instants d'entretien.

CHAMPCLOS.

Comment donc!...

MADAME MONTANVERT.

il s'agit du bonheur d'une personne...

CHAMPCLOS.

Ah!...

MADAME MONTANVERT, à part.

Exagérons un peu les choses, ça ne peut pas nuire. (Haut.) Vous avez aimé, monsieur Champclos?

CHAMPCLOS.

Moi?... Eh bien, oui, madame... J'ai commis quelquefois cette faute... qui n'est pas sans charmes dans ses résultats.

MADAME MONTANVERT.

Alors... vous avez pu comprendre les tourments d'une passion contrariée?...

CHAMPCLOS.

Oh! oui.

MADAME MONTANVERT.

Et s'il ne dépendait que de vous... de faire disparaître tout obstacle?...

CHAMPCLOS.

Quel obstacle? (A part.) Je n'y suis pas du tout...

MADAME MONTANVERT.

Surtout quand vous saurez que vous tenez dans vos mains le bonheur d'une femme... sa vie peut-être!...

CHAMPCLOS.

Dans mes mains!... (A part.) Une séduction! Elle joue la parodie de l'amour! Oh!...

MADAME MONTANVERT.

Vous ne répondez pas?

CHAMPCLOS, à part.

Je suis sûr que le mari est par là... derrière une porte, prêt à faire bisser la scène des 3,000 francs.

MADAME MONTANVERT.

Eh bien!... (Lui prenant la main.) Votre cœur n'a donc pas compris?...

CHAMPCLOS, effrayé, en se sauvant.

Plus loin, madame... plus loin!... je suis presbyte... des oreilles... je n'entends bien qu'à une certaine distance...

MADAME MONTANVERT.

Vous m'avez devinée?...

CHAMPCLOS.

Oh! oui.

MADAME MONTANVERT, qui s'est rapprochée.

Eh bien?

CHAMPCLOS, passant.

Laissez-moi, madame, laissez-moi.

MADAME MONTANVERT*.

Quoi! vous êtes insensible... quand je vous parle de l'avenir, du bonheur de votre nièce, d'Eulalie!

CHAMPCLOS.

Quoi! Eulalie?

MADAME MONTANVERT.

Mais c'est d'elle que je vous parle; il faut la marier... Une jeune femme dans Paris, seule!... Et j'ai pris sur moi de vous demander...

CHAMPCLOS.

Mon consentement?... Je le donne... avec délices...

MADAME MONTANVERT.

Oui, votre consentement d'abord... et ensuite une petite dot?...

CHAMPCLOS.

S'il vous plaît?... (A part.) Nous y voilà!

MADAME MONTANVERT.

Oh! il s'agirait de peu de chose... peut-être vingt mille francs...

CHAMPCLOS.

Vingt mille francs!...(A part.) Fichtre!... les prix augmentent... tout est si cher, maintenant!...

MADAME MONTANVERT.

Comment, monsieur Champclos, vous hésitez?...

CHAMPCLOS, vivement et regardant de tous côtés.

Je n'hésite plus!... (Élevant la voix.) Je n'hésite plus, je me rends à la force de vos raisonnements!...

MADAME MONTANVERT.

A la bonne heure!... je reconnais là votre âme généreuse!... Je vais prévenir Eulalie du bon résultat de ma démarche. Va-t-elle être contente!... Oh! quel oncle! quel oncle vous faites!... c'est une crème d'oncle!... (Elle sort.)

* Champclos, madame Montanvert.

## SCÈNE XVI.

### CHAMPCLOS, puis CYPRIEN.

**CHAMPCLOS, se promenant agité.**

Ah çà! mais, voyons donc... récapitulons... Borné au nord par le fabricant de passe-partout... à l'est... par la robe mauve... à l'ouest par une fausse nièce, et au sud par ce scélérat de Bèchepois... armé d'une mayonnaise criminelle... Mais c'est une impasse!... c'est le cercle de Popilius! Ah! il me reste un dernier espoir!... (Appelant.) Cyprien!... Cyp... (Regardant au fond.) Il cause avec ce gredin de Montanvert!... (Appelant.) Cyprien!... Cyprien!... (Revenant en scène.) C'est un honnête garçon, lui!...

**CYPRIEN, entrant *.**

Voilà, monsieur!...

**CHAMPCLOS.**

Cyprien!... ma valise... mon sac de nuit... nous partons.

**CYPRIEN.**

Ah! bon!... Et où allons-nous?

**CHAMPCLOS.**

Tu n'as pas besoin de le savoir... Ah! mon paletot... mon gros paletot... tu sais? donne-le-moi.

**CYPRIEN, à part.**

Oh!... aïe!... aïe!... (Haut.) Votre quoi?...

**CHAMPCLOS*.**

Mon paletot!... Va donc... dans ce cabinet... (Allant au secrétaire.) Ah! mon portefeuille!... (Il le serre dans sa poche et se boutonne.) C'est un lest nécessaire.

**CYPRIEN, à part.**

Je vais envoyer le concierge.

**CHAMPCLOS ***.**

Eh bien?

**CYPRIEN.**

Monsieur, je crois me rappeler qu'il est chez le dégraisseur!

**CHAMPCLOS.**

Comment?... (A part.) Un paletot dont chaque bouton renferme quarante francs... un en-cas de voyage!... (Haut.) Cyprien, tu es bien sûr?...

**CYPRIEN, interdit.**

Oui, oui, monsieur!

**CHAMPCLOS.**

Bien! (A part.) Il baisse les yeux!... il a dérobé ce paletot... Il fait partie de la bande Montanvert... il causait avec lui tout

* Champclos, Cyprien.
** Cyprien, Champclos.
*** Champclos, Cyprien.

à l'heure!... Très-bien, tout me manque, tout me craque!... (Haut.) C'est bon!...

CYPRIEN, à part.

Il a bien pris la chose. (Haut.) Je vais faire la malle.

CHAMPCLOS.

Non... je m'en charge!... Tu iras au chemin de fer du Nord dans une heure.

CYPRIEN.

Oui, monsieur!

CHAMPCLOS.

Tu monteras dans le premier convoi... ne me cherche pas... c'est inutile... j'y serai... et nous nous arrêterons à Lille.

CYPRIEN.

Oui, monsieur.

CHAMPCLOS, à part.

Moi, je prends la ligne de Strasbourg!... (Il entre dans la chambre du fond, à gauche.)

CYPRIEN.

Dans une heure... j'ai le temps d'aller au Casino-Cadet chercher ce paletot. (Il sort au moment où entre Montanvert et le heurte.)

# SCÈNE XVII.

### MONTANVERT, puis BÈCHEPOIS.

MONTANVERT, entrant.

Allons!... tu n'y vois donc pas clair?... Quel guignon de guignasse!... je croyais trouver de l'argent pour mon brevet... eh bien, je n'en trouve que sur un billet, et encore!... (Il tient un papier à la main.)

Air : *Restez troupe jolie.*

Je signe cet hiéroglyphe,
Et l'on me dit qu'il est urgent
D'y déposer une autre griffe
Afin de toucher de l'argent ;
C'est être par trop exigeant.
Sur les billets, sur les factures,
Les banquiers sont fous, je le crois,
De demander deux signatures
Pour ne vous payer qu'une fois !

Oh! je ne sais qui me retient de faire un coup de ma tête!... (Il réfléchit assis près de la table.)

BÈCHEPOIS, sortant de droite *.

Je retourne en Bourgogne!... mais je veux savoir, auparavant... pourquoi il m'a appelé La Rapinière... ça m'intrigue... Où est donc mon chapeau ?

*Montanvert, Bèchepois.

MONTANVERT, l'apercevant.

Ah! mon cher Bèchepois, c'est le ciel qui vous envoie!... (Allant à lui.) Dites-moi, vous pouvez me sauver la vie !

BÈCHEPOIS.

Si ça n'est pas dangereux, je veux bien.

MONTANVERT.

Voilà ce que c'est... J'ai un petit billet, une broche, comme ils disent dans le commerce, à quatre-vingt-dix jours... on exige deux signatures... j'ai mis la mienne... mettez la votre là... (Il lui montre le billet.)

BÈCHEPOIS.

Je comprends... vous voulez tirer sur moi... vous signez... et j'accepte...

MONTANVERT.

C'est cela, mon bon !... Vous êtes d'une sagacité rare...

BÈCHEPOIS.

Oui... mais je ne suis qu'un vigneron... je retourne en Bourgogne... Les signatures... ça dérange la vie... ça empêche de dormir ! (Il remonte.)

MONTANVERT, à part*.

C'est un ladre!... (Haut.) Mais c'est à se faire sauter la cervelle!... (Bas.) Au fait, si j'essayais de l'attendrir... (Haut.) C'est à se faire sauter la... (Il va prendre un pistolet sur le secrétaire.)

BÈCHEPOIS**.

Pas devant moi!...

MONTANVERT, à part.

C'est un égoïste... n'insistons pas!...

BÈCHEPOIS, revenant***.

Mais, j'y songe... pourquoi vous adressez-vous à moi?... Pourquoi ne pas parler de ça à Champclos?... Il est riche, obligeant!...

MONTANVERT.

Oh!... lui qui m'abrite déjà... ce serait abuser; j'aurais l'air de spéculer... Non... je ne veux pas...

BÈCHEPOIS.

Bah! bah! douze cents francs, c'est une goutte d'eau dans son porte-monnaie!... (A ce moment paraît Champclos tenant une valise.)

CHAMPCLOS, à part****.

Oh!... (Les apercevant.) Partons sans être vu !...

BÈCHEPOIS.

Parlez à Champclos, vous dis-je!

* Montanvert, Bèchepois.
** Bèchepois, Montanvert.
*** Montanvert, Bèchepois.
**** Champclos, Montanvert, Bèchepois.

CHAMPCLOS, s'arrêtant.

Mon nom!...

BÈCHEPOIS.

Un peu d'énergie, de courage... que diable ! Tirez sur lui !

CHAMPCLOS, à part.

Hein?...

MONTANVERT.

Je n'ose vraiment pas !...

BÉCHEPOIS.

Allons donc, peureux!... puisqu'il est riche, tirez sur lui !

CHAMPCLOS, à part.

Mes jambes flageolent.

MONTANVERT.

Eh bien, soit!... vous serez complice de tout cela...Grâce à vous... je me décide... je tirerai sur lui.

CHAMPCLOS, renversant un fauteuil.

C'est fait de moi !

BÈCHEPOIS, se retournant.

Eh ! tenez, le voilà !... Je vous laisse seul avec lui !... (Dignement à Champclos.) Quant à toi, je te reparlerai...Un homme qui m'appelle La Rapinière ! (Il sort.)

# SCÈNE XVIII.

## CHAMPCLOS, MONTANVERT.

MONTANVERT.

Mon cher Champclos !...

CHAMPCLOS, à part.

Cet homme a de la hyène dans le regard ! (D'un air mielleux.) Vous dites?...

MONTANVERT, à part.

L'autre m'a dit qu'il était sensible, qu'il avait le cœur tendre... pinçons cette corde... jouons le désespoir; mena-çons de nous faire sauter la cervelle !

CHAMPCLOS, à part.

Il se consulte !

MONTANVERT.

Il y a... n'y a pas... là... Champclos, je ne sais pas faire des phrases... moi!... Je suis du Midi!... je vais droit au fait !

CHAMPCLOS, effrayé.

Un instant !...

MONTANVERT.

Ma résolution est prise... Oh! j'ai frappé à bien des portes, pas une ne s'est ouverte. Aussi croyez, Champclos, que la nécessité seule est capable de me conduire à une pareille extrémité. (A part.) En avant les grands moyens! (Il fait mine d'armer le pistolet.)

CHAMPCLOS, criant.

Est-il possible?

MONTANVERT.

Il est possible !

CHAMPCLOS, saisissant le bras qui tient le pistolet.

Voyons... raisonnez un peu, Montanvert,.. Songez aux con-séquences!... Songe... songe... aux conséquences... (A part.) Tutoyons-le... le tutoiement adoucit les mœurs!

MONTANVERT, à part.

Il mord... bravo!... (Haut.) C'est arrêté là, vous dis-je!..

CHAMPCLOS.

Mais détruire une créature humaine... c'est un crime, sais-tu bien?

MONTANVERT.

Quel préjugé !

CHAMPCLOS, à part.

Il appelle l'assassinat un préjugé !

MONTANVERT.

Qu'est-ce que l'existence?.. Une guenille...

CHAMPCLOS.

Ma guenille m'est chère !... eh !... eh !...

MONTANVERT.

Bah!... on multiplie si rapidement aujourd'hui... le vide est si tôt comblé!... (Dégageant son bras.) Fais-moi tes adieux, Champclos. Adieu!... J'en suis fâché... car tu m'allais, oui, tu m'allais... Allons, adieu!...

CHAMPCLOS, se cachant derrière lui.

Adieu!... Comment, adieu! Je m'y oppose, tu ne tireras pas!... Voyons, Montanvert, j'en appelle à tous tes bons sentiments... tu as une conscience ?

MONTANVERT.

Non... j'y ai renoncé... (Il arme le pistolet.)

CHAMPCLOS, se réfugiant derrière le canapé.

Un instant!... Je demande à parlementer!

MONTANVERT, à part*.

Enfin !... J'ai cru qu'il me laisserait faire !...

CHAMPCLOS.

Je te devine... je te comprends... tu es dans la gêne!... Dis-moi... combien te faut-il?... Parle!... quel est ton prix? Élève le prix si tu veux, mais baisse le canon.

MONTANVERT, à part.

Excellent cœur!... (Haut.) Eh bien! vous me croirez si vous voulez, je préfère ça.

CHAMPCLOS, à part.

Et moi donc!... (Haut.) Voyons, voyons!... mais baisse-moi ça... (Il baisse le canon du pistolet.)

* Montanvert, Champclos.

MONTANVERT.

Rien de plus simple!... Mettez tout simplement ici : Bon pour acceptation...

CHAMPCLOS, à part*.

Un chantage de 100,000 francs... peut-être. (Assis à la table et prenant la plume.)

MONTANVERT.

Et signez.

CHAMCPLOS, à part.

C'est dur tout de même!... (Regardant.) Comment, douze cents francs! rien que douze cents francs? Et c'est pour douze cents francs qu'il voulait... J'y pense, il a sans doute oublié un zéro!... Ne disons rien... c'est moi qui le vole!... (Il signe.)

MONTANVERT.

Ah! Champclos!... c'est entre nous à la vie... à la mort!..

CHAMPCLOS, à part.

A la mort surtout!...

MONTANVERT.

Tenez... si je ne me retenais... je vous embrasserais!

CHAMPCLOS.

Retenez-vous.

MONTANVERT.

Je cours faire escompter cela.. Merci!... ami... merci... Au revoir!... (Il sort vivement, après avoir remis le pistolet à sa place.)


# SCÈNE XIX.


### CHAMPCLOS, seul.

C'était un de mes pistolets!... Ils ne sont jamais chargés!... Ah çà! mais je suis le point de mire de ces gens-là!... Chaque jour on va me jouer une petite scène émaillée de pistolets... Ma tête devient une valeur cotée à la bourse de ce misérable... Il n'est que temps de m'en aller!


# SCÈNE XX.


CHAMPCLOS, MADAME MONTANVERT, EULALIE, puis MONTANVERT, puis BÊCHEPOIS et CYPRIEN.

MADAME MONTANVERT, avec inquiétude **.

Mon mari, monsieur!... Avez-vous vu mon mari?

CHAMPCLOS.

Oui, madame... je l'ai vu... Nous venons de liquider une petite affaire.

---

* Champclos, Montanvert.
** Eulalie, madame Montanvert, Champclos.

MADAME MONTANVERT.

Mais où est-il?

CHAMPCLOS.

Il vient de sortir...

MADAME MONTANVERT.

Sorti?... Il est perdu!...

CHAMPCLOS.

Ah bah!

EULALIE, bas, à madame Montanvert.

Que veux-tu dire?

MADAME MONTANVERT, bas, à Eulalie.

Les gardes du commerce sont en bas... et s'ils le reconnaissent...

MONTANVERT, entrant vivement.

Ah! mon cher Champclos!...

MADAME MONTANVERT*.

Le voilà!...

MONTANVERT.

Vous voyez un homme sur le point d'être arrêté.

CHAMPCLOS, avec joie.

Ah! enfin!...

MADAME MONTANVERT.

Et vous pouvez le sauver.

CHAMPCLOS.

C'est cela... je vais me faire recéleur!

MONTANVERT.

Champclos... je suis votre hôte!...

CHAMPCLOS**.

Non... non... je ne veux pas entraver la justice de mon pays... le crime doit tôt ou tard trouver sa récompense...

MONTANVERT.

Un crime?... Pour une lettre de change protestée!...

CHAMPCLOS.

Vous voulez me faire croire que vous êtes arrêté pour dettes?... A d'autres!

MONTANVERT.

Mais, tenez... voyez plutôt... des lettres qui me menacent de Clichy... (Il fouille dans son portefeuille qu'il fait voir à Champclos.) Regardez vous-même!...

CHAMPCLOS, regardant dans le portefeuille.

Oui, avec trois billets de mille francs... farceur!... Comment se fait-il que vous vous laissiez appréhender au collet avec mille écus dans votre portefeuille? La chose est bien invraisemblable.

MADAME MONTANVERT.

Cet argent est un dépôt!

* Eulalie, madame Montanvert, Montanvert, Champclos.
** Eulalie, Champclos, Montanvert, madame Montanvert.

CHAMPCLOS, *ironiquement.*

Ah bah!... vous avez un entrepôt de billets de mille francs?...

MONTANVERT.

Et, plutôt que de me servir d'un argent qui ne m'appartient pas, j'aimerais mieux mourir de faim à côté...

CHAMPCLOS.

Cette pensée est belle!... (A part.) Quel dommage qu'elle vienne d'un gredin!...

MONTANVERT.

Vous allez comprendre!... Il y a un mois... esplanade des Invalides *...

CHAMPCLOS.

Hein?

MONTANVERT.

Un imbécile!

CHAMPCLOS.

Un imbécile... continuez !

MONTANVERT.

Se présente chez moi... A cette heure-là, un de mes amis devait me faire remettre trois mille francs par son commis. Mon inconnu se présente...

CHAMPCLOS.

L'imbécile?...

MONTANVERT.

Oui... Je crois que c'est le commis... je lui dis : « Vous apportez les trois mille francs? »

CHAMPCLOS.

C'est bien ça... Il les donne... Il a cru à un guet-apens, c'est clair!...

MONTANVERT.

Nous avons fait toutes les recherches... imaginables, mais en vain.

CHAMPCLOS.

Ah! c'est bien cela... Je comprends... (S'oubliant et voulant prendre les billets.) Donnez!...

MONTANVERT.

Comment, vous connaissez donc l'imbécile?

BÈCHEPOIS, *entrant.*

Ah! tu vas me dire...

CHAMPCLOS.

Non, c'est-à-dire... (Apercevant Bèchepois qui entre.) Si... c'est Bèchepois... (Allant à lui.) Ce cher Bèchepois!...

MONTANVERT ET SA FEMME **.

Quoi!

---

* Champclos, Montanvert, madame Montanvert, Eulalie.
** Champclos, Bèchepois, Montanvert, madame Montanvert, Eulalie.

BÈCHEPOIS.

Oui, c'est moi... Tu vas me dire pourquoi...

CHAMPCLOS.

Tiens, voilà tes trois mille francs!

BÈCHEPOIS, refusant*.

Comment! comment!...

MONTANVERT.

C'est donc lui qui...

CHAMPCLOS, à mi-voix à Montanvert.

Oui... ce scélérat-là!... Il me racontait son aventure ce matin... Vous comprenez... un provincial à Paris...

BÈCHEPOIS.

Mais quelle aventure?...

CHAMPCLOS.

Tais-toi donc! puisque tu as tes trois mille francs! Tiens... tu n'en veux pas?... (A Montanvert.) Il vous les... prête, mon cher ami...

CYPRIEN, entrant**.

Monsieur! (Il a un paletot sous le bras.) j'ai attendu avec le paletot...

CHAMPCLOS.

Donne!... (Prenant le paletot et tâtant les boutons.) Les louis y sont encore... Mon domestique est honnête!...

CYPRIEN.

Ah!... Et puis voilà une lettre qui vient d'arriver... (A part.) Elle était dans le paletot.

CHAMPCLOS, la prenant et l'ouvrant.

De Monflanquin. (La parcourant.) C'est bien son écriture; cette fois... Mon frère remarié en Californie... Sa fille Eulalie (A Eulalie.) Ah çà! tu es donc bien réellement ma nièce?

EULALIE.

Vous en doutiez, mon oncle?...

CHAMPCLOS.

Mais non!... C'est Bèchepois qui m'avait dit... (A Montanvert.) Mais vous, tout à l'heure avec votre pistolet?

MONTANVERT.

Té! pour vous attendrir!

CHAMPCLOS.

Quoi!... c'était sur vous... (S'arrêtant, à lui-même.) Ah çà! mais... je ne suis donc entouré que d'honnêtes gens?...

Air : *En braves hussards du 5e.*

Qu'avais-je donc, la fièvre, le délire?
Ces êtres-là si bons, si généreux,

* Bèchepois, Champclos, Montanvert, madame Montanvert, Eulalie.

** Bèchepois, Champclos, Cyprien, Montanvert, madame Montanvert, Eulalie.

Je les croyais!... Oh! je n'ose leur dire
L'opinion que j'avais d'eux!...
De mes soupçons, je suis honteux !
Je me trouve coupable en somme,
Et maintenant, je m'aperçois...
Qu'il n'est ici, qu'un seul malhonnête homme,
Ce malhonnête homme! c'est moi!...

Montanvert*... je te commandite ; tu inventeras tout ce qui
te passera par la tête... Eulalie... je te dote... Tu épouseras...
ce monsieur que je ne connais pas... puisque tu l'aimes.

#### EULALIE.

Mais je ne l'aime pas du tout ; c'est elle qui a cru cela...
Je n'aime que vous, mon oncle.

#### CHAMPCLOS, réfléchissant.

Tiens, tiens, quelle idée!... moi qui cherchais une famille...

#### EULALIE.

Vous dites ?

#### CHAMPCLOS.

Tiendrais-tu à un mari très-jeune?...

#### EULALIE.

Mais, mon oncle, je...

#### CHAMPCLOS.

Ne réponds pas tout de suite!... Plus tard, tu me diras si
ça te contrarierait beaucoup de devenir ta tante.


#### CHOEUR.

Air : *Un Drame en 1779.*

Que les chagrins, que les soucis
De cette maison soient bannis!
Plus de soupçons et plus d'alarmes!
Que l'amitié chasse la peur,
Et qu'elle éveille dans $^{son}_{mon}$ cœur ;
Et l'espérance et le bonheur!

#### CHAMPCLOS, au public.

Air : *Il me faudra quitter l'empire.*

Je l'avouerai sans plus de commentaires,
J'ai frissonné de crainte, de terreur ;
Et ces brigands, brigands imaginaires,
Pour un instant, ont pu me faire peur ;
J'ai le courage de ma peur.


* Bèchepois, Champclos, Eulalie, madame Montanvert, Montanvert.

Autour de moi, quand tout danger s'efface,
Quand je résiste à des coups de stylet,
Coups de Jarnac et coup de pistolet,
De vous j'implore ici le coups de grâce ;
Frappez... des deux mains s'il vous plaît,
Pour me sauver, frappez fort, s'il vous plaît !

REPRISE DU CHŒUR.

FIN.

LAGNY. — Typographie de A. VARIGAULT et Cie.

www.ingramcontent.com/pod-product-compliance
Ingram Content Group UK Ltd.
Pitfield, Milton Keynes, MK11 3LW, UK
UKHW020049080726
13614UKWH00004B/1963